Xasuusqorkii Sirta ahaa ee Ellie

Ellie's ~~My~~ Secret Diary

Henriette Barkow & Sarah Garson

Somali translation by Adani Mohamed

Subaxdii Axada 7.30

Ku: Xasuusqorkii qaaliga ahaa

Waxaan ku riyooday xalay riyo xun. Anigoo ordaaye oo -
aad u sii ordaaye. Waxa i eryanaaye shabeel aad u weyn.
Inkastoo aad iyo aad aan uga sii ordaayo haddana waan
ka baxsan kariwaayay. Marwalba wuu igu soo
dhawaanayay. Markaas ayaan soo baraarugay.

Waxaan gacanta ku qabtay bisadii Flo. Waxa iga dhigtaa
in aan dareemo nabadqab. Way ogtahay waxa dhacay
waana aan u sheegi karaa. Sii wad in aad hesho riyo xun.
Miyaanaad sidaa ahaan jirin. Waxaan haysan jiray
saaxiibo badan - sida Sara iyo Jenny. Sara waxa ay iga
codsatay in aan dukaamada tago hase ahaatee ...
Dugsigu aad buu u xumaaday tan iyo intii ay soo gashay.
Aad iyo aad baan u necbahay iyada!!

Dear Diary

Had a bad dream last night.
I was running ... and running.
There was this huge
tiger chasing me.
I was running faster and faster but
I couldn't get away.
It was getting closer and then ...
I woke up.

I held Flo in my arms. She makes me feel safe
- she knows what's going on. I can tell her.

Keep having bad dreams.
Didn't used to be like that.

I used to have loads of friends – like Sara and Jenny.
Sara asked me to go to the shops but ...

School's been HELL
since SHE came.

I hate hate
HATE her!!!!

Dear Diary

Went to Grandad's.
Lucy came and we climbed the big tree.
We played pirates.
School 2morrow.
Don't think I can face it.
Go to school and
see HER!

SHE'll be waiting. I KNOW she will.

Even when she isn't there I'm scared
she'll come round a corner.
Or hide in the toilets like a bad smell.
Teachers never check what's going
on in there!

If __ONLY__ I didn't have to go.

Flo thinks I'll be ok.

Ku: Xasuus qorkaygii

Waxaa u tagay awoogay. Lucy baa timi waxaanu
fuulnay geedkii weynaa. Waxaanu ciyaanay Gaym.
Waa dugsi bari. Ha u malaynin in aan u adkaysan
karo. In aan dugsi tago oo aan iyada arko.

Iyado way I sugaysaa. Waan ogahay in ay isugi.

Xataa marka ayna joogin waan ka baqaa in ay
timaado oo ay I haleesho. Waxaan ku dhuuntaa
masqoosha sida neefta qadhmoon.
Macalimiinto marna iskumaydayin
in ay ogaadaan waxa socda.
Hadii aan iska joogo,
Falo waxay u malayn
in aan iska fiicanahay.

Riyadii ayaa igu soo noqotay mar kale. Markan iyadii ayaa I eryanaysa. Waxaan isku dayaayay in aan ka baxsado laakiin way igu soo dhawaanaysay, markaasna gacanteedii ayay garabka iga saartay.

Waan xanuun sady hase yeeshe waxaan nafta ku qasbay in aan cuno quraacdii si ayna hooyo u dareemin in ay wax jiraan. Hooyo uma sheegi karo - waayo arinto way sii xumaan. Qof kalna uma sheegi karo. Waxay ii malayn in aan ahay qof jilicsan mana ihi sidaa.

<u>Waa inantaa</u> iyo waxa ay igu samayn aniga.

Monday morning 7.05

I had that dream again.
Only this time it was HER who was chasing
me. I was trying to run away but she kept
getting closer and her hand was just on my
shoulder ... then I woke up.

I feel sick but I made myself eat
breakfast, so mum won't
think anything's up.
Can't tell mum — it'll just
make it worse.
Can't tell anyone.
They'll think I'm soft
and I'm not.
It's just **that girl**
and what SHE does to me.

Monday evening 20.30

SHE was there. Waiting.
Just round the corner from school where nobody could
see her. SHE grabbed my arm and twisted it behind
my back. Said if I gave her money she wouldn't hit
me. I gave her what I had. I didn't want to be hit.

"I'll get you tomorrow!" SHE said and pushed me over
before she walked off.
It hurt like hell. She ripped my favourite trousers!

Told mum I fell over. She sewed them up.
I feel like telling Sara or Jenny but they
won't understand!!

Glad I've got you and
Flo to talk to.

Halkaa ayay joogtay. Way isugaysay. Dugsiga agtiisa
meel cid kala ayna arkaynin. Gacanta ayay igu dhegtay
oo dib ii maroojisay ilaa dhabarka. Waxa ay I tidhi
haddii aan lacag siiyo ima graaci doonto. Waxaan siiyay
wixii aan haystay. Madoonayo in lay graaco.

"Bari ayaan is arki doonaa," ayay tidhi ita
ay dib iiriixday oo dabadeed iska tegtay.
Si xun bay ii demaqday,
surwaalkii aan jeclaana way jeexday.
Waxaan hooyo u sheegay in
aan dhacay.

Way ii toshay meeshii dilaacday.
Waxaan arintaa u sheego
Sara iyo Jenny, laakiin
mana mafahmi karaan!!

Waan ku farax sanahay
in adiga iyo Flo aan
idinla hadlo.

Waan seexan kari waayay xalay. Waan iska jiifay. Aad baan uga cabsoonayay in aan seexdo. Waxaan ka baqanaayay in riyadii ay igu soo noqoto. Way Isugaysaa.

Maxaa iyadu ay aniga uun ii eegataa? Waxba anigu kumaan samaynin iyada. Waxa laga yaabaa in aan lulooday. Waxa ku xigtay hooyo oo isoo kaxaysay.

Quraacdii baan cuni kari waayay. Waxaan siiyay Sam si ayna hooyo u dreemin in ay wax igu dhaceen.

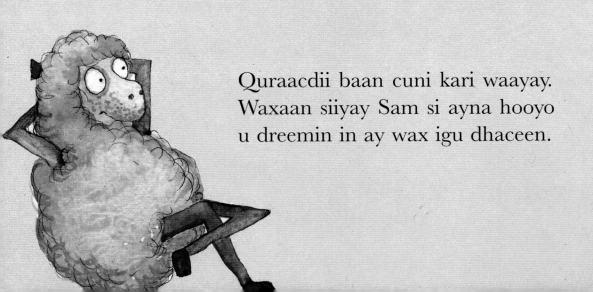

Couldn't sleep last night.
Just lay there. Too scared to go to sleep.
Too scared I'd have that dream again.
SHE'll be waiting for me. Why does she
always pick on ME? I haven't done anything
to her. Must have dropped off, cos next thing mum
was waking me.

Couldn't eat breakfast.
Gave it to Sam so mum wouldn't notice.

Waxay iga soo raacday
dugsiga markii aan kasoo baxay.
Waxay ahayd arin culus oo adeg.
Timha ayay I jiiday.
Waxaan demcay in qayliyo,
laakiin man doonaynin in ay taasi
u noqto mid ay u riyaaqdo kana farxisa.

"Lacagteedii ma haysaa?" candhuuf bay igu tuftay.
Madaxa ayay I gilgishay.
"Kan ayaan qaadan doonaa," ayay tidhi inta ay soo
dhufatay baagaygii PEda. "Tan iyo inta aan ka
helaayo lacagtii."

Waxaan jeclahay in aan iska siiyo! Waxaan is idhi mar
ma feedhaa wajigeeda buuran! Maxaan sameeyaa?
Ma graaci karo, waayo way iga weyn tahay.

Aabahay iyo hooyaday midna lacag ma waydiin karo,
waayo waxay I warsan waxaan lacagta ku
samayn doono.

SHE followed me out of school – all big and ~~tuff~~ tough.
SHE pulled my hair. Wanted to scream but I didn't want
to give her the satisfaction.
"You got my money?" SHE spat at me.
Shook my head. "I'll have this," SHE snarled, snatching
my PE bag, "til you give it to me."
I'd love to give it to her! Feel like punching her fat face!
What can I do? I can't hit her cos she's bigger than me.

I can't ask mum
or dad for the money
cos they'll want to
know what it's for.

Xasuusqorkow waxaan sameeyay wax xun.

Dhab ahaatii waa wax aad u xun.

Haddii hooyo ay ogaato ma garanaayo waxa ay igu
samayn. Hase yeeshee waxaan ogahay in aan la kulmi
mushkilad weyn. Waa dhab sidaasi.

Xalay waxaan arkay boorsadii hooyo oo miiska taal.
Kaligay baan ahaa, waxaan dabadeed ka qaatay
£5.00 gini.

Si dhakhso ah ayaan ugu soo celin marka aan helo.
Waxaan ururin lacagta maalin walba la I siiyo in
aan isticmaalo. Waxa kaloo aan isku dayay
in aan helo lacag kale.

Waxaan ku rajo weyn ahay in hooyo ayna
tabin lacgtaa aan kala baxay, haddii kala
aad bay u xanaaqi doontaa!

Diary, I've done something bad.
Really bad!

If mum finds out I don't know what she'll do.
But I'll be in big trouble - for sure.

Last night I saw mum's purse on the table.
I was on my own and so I took £5.

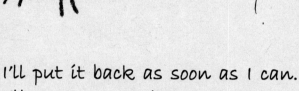

I'll put it back as soon as I can.
I'll save my pocket money.
I'll try and earn some money.

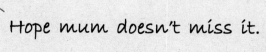

Hope mum doesn't miss it.

She'll go mad!

Waxay ahayd maalintii iigu xumayd ee nolosheeda isoo marta!!

1aad - Waxa la igu yidhi ka bax waayo maan haysan alaabtii PE da.

2aad - Maan samaynin casharkii guriga aan ku dhamayn lahaa.

3aad - waxay tii sii taagnayd iridda hore ee dugsiga laga galo - halkaas ayay igu sugaysay. Waxa ay I maroojisay gacanta waxaana ay iga qaadatay lacagtii. Waxay baagaygii ku tuurtay dhoobada.

4aad - Waxay doonaysay in kale ...

Lacag kale ma heli karo.

Hooyo ayaan intaaba kasoo xaday.

Ma garanaayo waxaan sameeyo.

Waxaan jeclaa in aan ahay qof aan jirin dunida.

Wednesday evening 19.47

This has been the worst day of my life!!

1st – got told off cos I didn't have my PE things.
2nd – hadn't done my homework.
3rd – SHE was by the side gate – waiting.
She twisted my arm and took the money.
Threw my bag in the mud.
4th – SHE wants more.
I can't get more ...
I've already stolen from mum.
I don't know what to do.

Wish I'd never been born!!

Ma rumaysan karo.
Hooyaa dareentay arintii!!

Waxay doonaysay in ay ogaato haddii qof uu arkay 5tii gini oo waraaq isku taal ah oo ay wayday.
Dhammaan waxaanu nidhi maya.
Maxaanu odhan karnaa ee kale?

Aad baan u dareemay xumaanta. Runtii waan ka xumahay. Waan necebahay in aan been sheego.

Hooyaa tidhi iskoolka ayaan idiin raaci.
Waa si fiican, nabad baan dareemi inta iskoolka aan joogo.

I can't believe it.
Mum's found out!!

She wanted to know if anybody
had seen her £5 note.
We all said no.
What else could I say?

I feel bad, really bad. I hate lying.
Mum said she's taking me to school. At least I'll be
safe til home time.

On the way to school mum asked me if I took the
money.
She looked so sad.
I had thought of lying but seeing her face
I just couldn't.
I said yes and like a stupid idiot burst into tears.

Mum asked why?
And I told her about the girl and what she'd been
doing to me. I told her how scared I was.
I couldn't stop crying.
Mum held me and hugged me.

When I'd calmed down, she asked,
if there was anyone at school
I could talk to?
I shook my head.
She asked if I would
like her to talk to
my teacher.

Markii dugsiga aan tagaayay hooyaa I waydiisay in
lacagtii aan anigu qaatay iyo inkale. Aad bay u
xanaaqsaneed.
Wxaan ku tashaday in aan been sheego, laakiin markii
aan arkay xanaaqa ka muuqday wajigeeda.
Waan kari waayay sidaa. Waxaan idhi haa. Dabadeed
sidii nacas xun ayaan ooyay oo ilmo iga soo daadatay.

Hooyo waxa ay waydiisay waxa igu kalifay? Waxaa
dabadeed aan u sheegay gabadhii iyo wax yaabaha ay
igu samaysay. Waxaa kaloo aan u sheegay sida aan
u cabsado. Waxaan joojin kari waayay oohintii.
Hooyo ayaa isoo jiiday oo laabta igu qabatay.

Markii aan aamusay ee aan iska degay
ayaa hooyo mar kale I waydiisay haddii
uu jiro qof dugsigayga ah oo arintaa aan
kale hadlay? Markaas madexa ayaan
ruxay. Waxa ay hooyo I warsatay
haddii aan rali ka ahay in aritaa
ay kala hadasho macalin kayga.

Friday morning 6.35

Dearest Diary

Still woke up real early but

I DIDN'T HAVE THAT DREAM!!

I feel a bit strange. Know she won't be in school - they suspended her for a week. What if she's outside?

My teacher said she did it to others - to Jess and Paul.

I thought she'd only picked on me.
But what happens if she's there?

Ku: Xasuus qorkii qiimaha lahaa

Wali waqti hore ayaan kacaa,

laakiin ma'an helin riyadii oo kale!!

Waxaan dareemay arin yaab leh. Waan ogahay in ayna dugsiga imanaynin. Mudo todobaad ah ayaa laga joojiyay in dugsiga ay timaado. Ka waran haddii dugsiga dibadiisa ay igu sugayso?

Macalin kaygii waxaa uu ii sheegay in arintan oo kale ay cid kala ku samaysay - sida Jess iyo Paul.

Waxaan moodeyay in aniga ay kaligay dadka igala soo baxday.
Maxaa dhici doona haddii ay halkaa joogto?

Runtii may joogin halkaas!!!

Waxaan la hadlay haweenay fiican oo igu tidhi marka aad doonto waad ilasoo hadli kartaa. Waxay tidhi, "Haddii uu jiro cid cabsigalin kugu haysa ama kugula kacda waa in aad ku dadaashaa sidii aad qof kale ugu sheegi lahayd." Waxaan u sheegay Sara iyo Jenny. Sara waxay ii sheegtay in arintaas oo kale ay ku dhacday markii ay ku jirtay dugsigeedii hore.

Lacag kali ah may ahayn, ee wiilkaasi iyada oo kali ah ayuu baac sanayay. Dhammantayo inta aan dugsiga joogno waxaan iska kaashan doonaa in aan qofna noogu samayn cabsigalin iyo ku xadgudub toona. Waxaa laga yaabaa in xaaladu fiican tahay. Markii aan guriga imi hooyo ayaa ii samaysay.

Friday evening 20.45

She really wasn't there!!!
I had a talk with a nice lady who said I could talk to
her at any time. She said that if anyone is bullying
you, you should try and tell somebody.
I told Sara and Jenny. Sara said it had happened to her
at her last school. Not the money bit but this boy kept
picking on her.

We're all going to look after each other at school so
that nobody else will get bullied. Maybe it'll be ok.
When I got home mum made my favourite dinner.

Subaxdii Sabtida 8.50

Ku: Xasuusqorkii qaaliga ahaa
    Dugsi ma jiro.   Riyo xumina may iman!!

Waxaan eegay intarnetka waxaana aan ku arkay wax badan oo cabsigalin iyo ku xadgudub ah. Ma'aan moodaynin in arintaasi ay had iyo jeer dhacdo, laakiin waxaan ogahay in ay jirto in badan. Dadka waawayn iyo kaluunkaba way ku dhacdaa. Ma ogtahay in kaluunku ku dhiman karaan haddii la saaro cadaadin kaga timaada cabsigalin?

Waxaa jira khadad badan oo lagaa caawin karo iyo arimo badan oo noocaas ah.
Waxaa loogu talo galay dadka oo kali ah.
Kaluunka maaha!!

Waxaan jeclaan lahaa in aan hore u ogahay.

Saturday morning 8.50

Dear Diary
        No school!!   No bad dreams!!

Had a look on the net and there was loads about
bullying. I didn't think that it happened often but
it happens all the time!
Even to grown-ups and fishes. Did you know that
fishes can die from the stress of being bullied?
There are all kinds of helplines
and stuff like that
- for people, not fishes!!

I wish I'd known!

Habeenkii
Sabtidii 21.05

Aabo ayaa noo kaxeeyay aniga iyo Sam si aan film u soo daawano. Runtii waxa uu ahaa mid maad badan leh. Aad ayaanu u qosolnay.

Sam waxa uu doonayay in uu ogaado sababta markii hore aan ugu sheegi weynay waxa dhacaayay.

"Wajigeeda ayaan burburin lahaa," ayuu yidhi.

"Taasi waxay adigana kaa dhigi lahayd mid ku kaca cabsigalin iyo ku xadgudub!" ayaan ku idhi.

Dad took me and Sam to see a film. It was really funny.
We had such a laugh.
Sam wanted to know why I never told him about what was
going on.
"I would have smashed her face!" he said.
"That would just have made you a bully too!" I told him.

What Ellie found out about bullying:

If you are bullied by anyone in any way IT IS NOT YOUR FAULT!
NOBODY DESERVES TO BE BULLIED!
NOBODY ASKS TO BE BULLIED!

There are many ways in which somebody can be bullied.
Can you name the ways in which Ellie was bullied?
Here is a list of some of the ways children are bullied:
 - being teased
 - being called names
 - getting abusive messages on your mobile phone
 - getting hate mail either on email or by letter
 - being ignored or left out
 - having rumours or lies spread about you
 - being pushed, kicked, shoved or pulled about
 - being hit or punched or hurt physically in any way
 - having your bag or other belongings taken and thrown about
 - being forced to hand over money or your belongings
 - being attacked because of your race, religion or the way you speak or dress

Ellie found that it helped to keep a diary of what was happening to her.
It's a way of keeping a record of dates and times when things occurred.
It's also a way of not bottling everything up. It is important that you try
and tell somebody what is going on.
Maybe you could try talking to a friend who you trust.
Maybe you could try talking to your mum or dad, sister or brother.
Maybe there is a teacher at school who you feel comfortable talking to.
Most schools have an anti-bullying policy and may have somebody
(like the kind lady Ellie mentions in her diary) to talk to.

Here are some of the helplines
and websites that Ellie found:

Helplines:

CHILDLINE 0800 1111
KIDSCAPE 020 7730 3300
NSPCC 0808 800 5000

Websites:

In the UK:
www.bbc.co.uk/schools/bullying
www.bullying.co.uk
www.childline.org.uk
www.dfes.gov.uk/bullying
www.kidscape.org.uk/info

In Australia & New Zealand:
www.kidshelp.com.au
www.bullyingnoway.com.au
ww.nobully.org.nz

In the USA & Canada:
www.bullying.org
www.pta.org/bullying
www.stopbullyingnow.com

If you want to read more about bullying there are many excellent books
so just check your library or any good bookshop.

Books in the *Diary Series*:
Bereavement
Bullying
Divorce
Migration

First published 2004 by Mantra Lingua
Global House, 303 Ballards Lane
London N12 8NP
www.mantralingua.com